청어詩人選 139

지금은
너무 늦은
처음이다

공석진 시집

청어

지금은 너무 늦은 처음이다

공석진 지음

발행처 · 도서출판 청어
발행인 · 이영철
영　업 · 이동호
홍　보 · 최윤영
기　획 · 천성래 | 이용희
편　집 · 방세화 | 김명희
디자인 · 김바라 | 서경아
제작부장 · 공병한
인　쇄 · 두리터

등　록 · 1999년 5월 3일
(제321-3210000251001999000063호)

1판 1쇄 인쇄 · 2016년 1월 10일
1판 1쇄 발행 · 2016년 1월 20일

주소 · 서울특별시 서초구 효령로55길 45-8
대표전화 · 02-586-0477
팩시밀리 · 02-586-0478

홈페이지 · www.chungeobook.com
E-mail · ppi20@hanmail.net
ISBN · 979-11-5860-382-3 (03810)

이 도서의 국립중앙도서관 출판시도서목록(CIP)은 서지정보유통지원시스템 홈페이지
(http://seoji.nl.go.kr)와 국가자료공동목록시스템(http://www.nl.go.kr/kolisnet)에서
이용하실 수 있습니다.(CIP제어번호: CIP2015033101)

지 금 은
너무 늦은
처 음 이 다

| 시인의 말 |

백수가 지척인 노시인께 여쭈었다.

"선생님, 건안하시지요?"

"젊은이는 향내가 나지만 노인은 냄새가 난다네. 자넨 향기로운 시인이야."

"백 살만 넘기시면 한 살부터 시작입니다. 그 향이 귀하시지요."

동문서답 같은 덕담으로 에둘러 표현하시는 말씀에 몸 둘 바를 몰랐다.

노시인의 말처럼 내가 향기 나는 시인이 될 수 있을까?

불 밝히는 명시를 집필하기보다 초록은 동색처럼 천편일률적이지는 않을까?

사고의 저변에 늘 심각하게 고민거리로 자리 잡고 있었다.

어느덧 개인 통산 다섯 번째 시집이다.

그럼에도 지금까지 집필한 천 편에 이르는 시들 중 절반을

넘는 시에게 세상에 비상할 수 있도록 날개를 달아 주지 못함을 늘 안쓰러워하였다.

'나의 품속에 누워 잠자다 나의 불의의 망각으로 영원히 깨어나지는 않을지 혹은 시를 외면하는 팍팍한 세상에 크게 상심하여 날개를 달아주기 전에 소각하여 전격 절필은 하지 않을지' 같은 걱정으로 밤잠을 이루지 못한 적이 있었다. 그것이 한때의 기우였기를 소원해본다.

귀한 사진으로 동행하여준 전부순 작가에게 심심한 감사의 말을 전한다. 천진한 미소를 가진 그였기에 나의 시상과 그의 사진 속의 풍경은 아름다운 조합으로서 미력하나마 세상에 불 밝히는 역할을 할 수 있을 것이라 믿어 의심치 않는다.

추암(秋岩) 공석진

c·o·n·t·e·n·t·s

지금은 너무 늦은 처음이다

001 헤어지지 말자

헤어지지 말자
절대로 헤어지지 말자
그래도 그래도
헤어지려 하거든
하늘이 무너지면 헤어지자
사랑도 연분으로 맺어진
하늘의 뜻이다

사랑과 결별이 손쉬운
작금의 세대

헤어지지 말자
맹세코 헤어지지 말자
기어이 기어이
헤어지려 하거든
이 땅이 꺼지면 헤어지자
이별도 절망을 허락지 않는
땅의 뜻이다

002 내 사랑을 그리노라

가슴 찢어 놓는 가뭄 속
한줄기 비를 그리노라
타오르는 목마름 속
물 한 모금 그리노라
넘쳐나는 사랑 고백 속
편지 한 통 그리노라
모래알 같은 사람들 속
그대만을 그리노라
까맣게 타버린 마음 속
내 사랑을 그리노라

003 날개를 달아주다

나의 입술이 너의 입술에
포개지는 순간 마법처럼
혼신으로 내 목을 끌어안고
하늘로 비상하고 있었다
나는 덩달아 고공을 날다가
날개 힘이 빠지지 않도록
정성껏 애무해 주었다
제발 그 날개를 접지 마라
추락할 수 있는 너와 나는
평생 운명을 같이 하고 있다

004 흉터

흉보지 마라
한 때 여렸던 살
단단해진 건
적자생존의
대견한 불구(不具)
아픔 덕지덕지
훈장처럼 굳었다

005 리셋

기대할 수 없는
역설처럼
힘들었던

기억 모두를
한꺼번에
지울 수 있는

자기 회생의
흔쾌한 상실

006 알로하 알로하 알로하

알로하 알로하 알로하
거리의 악사도
쇼윈도 마네킹도
반얀트리에 매달린 아이도
천사의 미소로 반색한다

출어를 알리는
라하이나 포경선 뱃고동이
승전보를 독려하는
진군의 나팔소리처럼
웅장하게 귓전을 때려도

아무 상관없다는 듯
소처럼 누워 오수를 즐기는
다이아몬드 헤드의
나른한 하품을 바라보며
'너를 닮으리' 다짐하는데

열토의 땅 하와이에서
수고를 내려놓는 축복의 눈이
나의 머리에 너의 어깨에
매직처럼 쏟아진다
알로하 알로하 알로하

007 어둠

잠시 한눈을 파는 사이
방금 전 감탄했던 석양을
어둠이 삽시에 빨아들였다
시간이 가면 갈수록
점점 암울해지는
난감한 본색을 드러내면서
지레 겁먹은 자아가
나락으로 추락하는데
기우라는 듯 기적처럼
별숲의 황홀경이 펼쳐졌다
'어둠은 끝이 아니다
또 다른 향연의 시작이다
광휘로운 원초적 서광도
어둠으로 비롯되었다'
강변하고 있었다
그것은 극적이기까지 하여
힘들게 했던 기억 모두를
새까맣게 지울 수 있는
특별한 반전이 틀림없어
짙으면 짙을수록
반복되면 반복될수록
오히려 축복이었다

008 어무이

비워서 하도 비워서
속 쓰린 당신 입으로
물 한 대접 들어가요

채워서 너무 채워서
속 거북한 내 입으로
밥 한 사발 들어가요

어무이 딱한 어무이
제발 무엇 좀 드시오

009 비무장지대

온가지 꽃나무 풀벌레
날짐승 살아가는 이곳에
사람 흔적이 없다고
공산(空山)이라 말하지 마라

울화로 오염시키는
거친 숨을 발산하며
도처로 안 가는 곳 없이
무리지어 흙을 밟는
인간의 군상이여!

남의 터전에 침입하여
영역 표시의 오염은
지뢰로 발목 끊어진
비무장지대만 온전할 뿐
세상 어디에도
청정 지역은 없다

010 사랑 폭격

미움이 점령한
적진 깊숙이
사랑 실은 폭격기
폭탄이 투하되어
무장을 해제시킨다

가라
냉정이여
백기를 들어라
도처에 널브러진
무관심이여

011 그리움

정녕
겹겹이 쌓인
그리움을
욕보이는가

까만 밤
수억의 별로
산산이 걸린
나를 외면하고

꽃비
뿌리며
축제를 즐기는
그대여

012 애저녁비

치근대는 유혹이 손 내미는
마성의 덫을 툭툭 털어내고
관성처럼 삶의 무게 아래로
네 발 달린 짐승 마냥 다시
엉금엉금 기어 들어가는데

등 돌린 나의 흔적을 추억이
감성비 추적추적 추적하여
날 기어이 끄집어내는구나

통속(通俗)의 그리움에 결박되어
김 서려 뿌연 창문 너머로
훨훨 비상하다 추락하는 날
애저녁부터 비는 쏟아졌다

013 침통

그의 침통에는
독이 묻어 있는 혀가
바늘의 모양으로
고슴도치처럼
도사리고 있다
살의에 찬 망나니
독침이 적셔진
그 혀는 비수로서
남의 심장부에
너무 깊숙이 박혀
빠지지 않아
그 불편함으로
침통하다

014 페이스메이커

내가 지치면 그르친다
너무 빨리 가도 안되고
너무 멀리 가도 안된다

힘들어도 씩씩한 척
찬찬히 주위 살피며
마음 다치지 않게

발에 밟힐 듯 끌어주고
손에 잡힐 듯 밀어주는
편히 안심하는 거리

주목받지 않아도 좋다
너의 성공이 나의 완성인
페이스메이커

$\overline{015}$ 사랑의 일

그리라
그리라시면
빼곡하게 그려서

잊으라
잊으라시면
미련 없이 잊어서

그저
시키는 대로
바보처럼 천치처럼

016 돌아오지 않는 강

애면글면 심장에 초대했던 그대를
마음 없이 서둘러 떠나보내고
어깨 너머 함부로 그리워한 죄로
앙상한 뼈를 오도독 만져 본다

석고처럼 단단히 응고된 사랑이
애드럽기 그지없는 회한으로
길바닥에 툭툭 떨어져 나갈 때
그것이 설움인 줄도 모르고
가슴에 커다란 구멍이 나도록
레떼의 강물을 마시고야 말았다

나 그대의 품으로 돌아가리라
혼이 나간 사람처럼 되뇌이다
망부석처럼 그리움은 박제되어
임을 보고도 무심하게 허공만을
눈에 핏발이 서도록 응시하였다

017 사랑의 거리

어디까지가 좋을까
다가가면 안아 주고
멀어지면 잡아 주고
눈 감아도 손으로
보여지는 거리

밀면 밀려 주고
당기면 다가서고
한껏 사랑하기에
손을 감춰도 눈으로
만져지는 거리

가장 적당한
당신과 나의
사랑의 황금율

정, 그 더럽도록 서러운

세상에
매인 정 보다
더러운 것이 있을까

베인 정
데인 정
채인 정
더럽도록 서러워

정이 돌아와
얼기설기 허허한 정을
예인 정으로 찍는다

정아
청정했던 가슴을
목 메이는 정으로
오염시키지 마라

휴우

한 숨 뒤 한숨
재는 높아
별뉘는 지고
내는 깊어
유희는 바드럽다
잇따르는
휴(休)
우(憂)

$\overline{020}$ 인기척

누긋한
벌레 하나
질겁하여
횡횡 줄행랑친다
무섭다
섬찟하다
소스라치게
경악시키는 인기척

목련

나무에 올라가
가지 끝 퍼득이다
탈진하여
뚝 떨어졌다
하나 둘 스러지는
무기력한 낙하
조문하는
한 무리 병아리 떼

022　사월

뼈를 에는 혹한도 넘겼다고
봄시샘추위도 견디었다고
안심하고 있었는데
축제의 문턱에서
천둥 우짖고 번개 휘가르는
새벽부터 큰 비 몰아쳐
꽃봉오리 지고 말았다
이제 시작인데
한순간에 땅에 떨어져
꿈이 스러지는구나
꽃들아
가는 꽃들아
피는 것은 운
지는 것은 명이라도
다가올 푸르름 속
이별이 너무 빠르다
상사로 속은 터지는데
사월은 이내 오는 듯 떠났다

023 두루치기

맵고 짜게만 살아왔다
쉬어 가도 우려 말고
느슨해도 조바심 말고

국한되어진 우리 인생
두루두루 미치도록
두루두루 속하도록

휘뚜루 둘둘 휘저어
벅찬 봄꽃도 뿌리고
신나는 첫눈도 뿌리고

024 흡연의 풍경

지뢰로 위장한 꽁초는
끈적끈적한 타액으로
거리 곳곳에 은닉되어
허세를 부렸고

혀 길게 늘어뜨린 연기는
날름거리는 비수로
구름처럼 떠다니며
나약함을 위장하였다

해묵은 두엄 썩는 냄새가
진동하는 입 주변을
개미가 빙빙 돌며
개미지옥으로 유인했고

누렇게 탐닉하는 이빨로
두리번두리번거리는
자신의 자라목을
잘근잘근 씹고 있었다

025 햇빛 한 줌

목젖까지 차오르는 황사를
휘이휘이 밖으로 내몰고
대견스러운 듯 배시시 웃네
손에 쏙 잡히는 햇빛 한 줌
사랑스러워 쓰다듬는다
그래 수고했어

026 믿음 소망 그리고 사랑

내가 소유한 것 중에서
가장 강한 믿음이 있어
함께 동행하지 않아도
천국의 본향을 향하여
더 가까이 갈 수 있으니
매일 행복할 수 있겠다

내가 소유한 것 중에서
가장 벅찬 소망이 있어
어두운 광야를 헤매도
사혈을 뚫어 수혈하듯
새 생명 얻을 수 있으니
매일 강건할 수 있겠다

내가 소유한 것 중에서
가장 귀한 사랑이 있어
없는 사람 고단치 않게
아픈 사람 서럽지 않게
내 품에 안을 수 있으니
매일 감사할 수 있겠다

매일매일

매일매일 나는 통한다
하늘과 땅과 용서 없는 기계와
한숨짓는 심장으로 통한다.
입 벌린 천당과 지옥으로 통한다

매일매일 나는 갇힌다
소음에 적막에 일그러진 거울에
괴물 같은 손바닥에 갇힌다
퇴적되는 먼지의 무게에 갇힌다

매일매일 나는 쌓인다
삐걱이는 의자와 짓누르는 옷에
구멍 난 정수리에 쌓인다
딱딱하게 응고된 지방이 쌓인다

매일매일 물샐 틈 없이 강화된다
문들이 개폐하는 사이
온가지 정신없는 마음이
모이고 흩어지고 더욱 강화된다

매일매일 나는 올라간다
막 도착한 공기가 나를 반긴다

내가 가장 좋아하는 새는
나보다 일 초라도 늦게 올라간 새다

매일매일 미쳐 가는 사람아
너무 빠르게 미치지 마
너무 끊임없이 미치지 마
직립하는 것은 흔들리기 마련이다

028 시인의 사계

떠나는 봄
익숙해지는 여름
읍소하는 가을
고달픈 겨울
시춘(始春)
로하(老夏)
비추(悲秋)
인동(忍冬)
봄 여름 가을
그리고 또 가을
시인의 사계는
슬픔이 힘에 겨워
가을에서 멈추어 섰다

029 햇살

햇살 고우거니
꽃샘추위에 움츠렸던
갈대 무심하게
칼바람 불어오던
끊어진 기찻길 옆
언 발 녹이거라

아직 처절한 고독
응어리져 남았다면
저 햇살 아래
옷고름 풀어
슬프게 빛나는 가슴
반쯤 내어 보이는 것

기억해 주마
잊고 있었던 것 중
가장 서러웠던 너
사랑아
애태우던 사랑아

입춘 폭우

화통을 내뿜는가
소리 질러 오열하지 마라
동토에 찬물 끼얹는가
지레 질려 숨죽이지 마라
척박한 세상에 눅눅한 생존
죽느냐 사느냐
그게 문제일 리는 없다
아픈 만큼
힘겨운 만큼
미치도록 쏟아내도
축포처럼 목련꽃 터지듯
꽃샘 부리는 겨울을 등지고
저벅저벅
봄이 다가오는 소리다

031 스마트폰

누가 볼까
남의 시선 아래 숨어
누가 들을까
제 귀만 열어
은밀한 접선을 한다

혼자 있으면
남녀노소 불문
모스 부호 두드리듯
꾹꾹 찍어
전하는 지문

의초로운 소통은
온데간데없이
저승과 교신하는
미친 사랑에
부재(不在)를 재촉하는
작별 신호가 될 뻔하였다

032 독설

가슴에 쌓아 놓고
세치 혀에 장전했다
여차하면 난사하는
가공할 자음과 모음

033 마당

그리워 사뭇 그리워
쪼그려 앉아
작은 돌 손에 쥐고
임 그리던 마당

뚝뚝 빗방울 떨어져
너무 슬퍼질까
나뭇잎 덮어
얼굴 감추었다

날 궂으면
흔적 찾을 수 없는
고향 집 마당에
무작정 달려갈까나

가슴을 때리는
몹쓸 바람
무정하게 막아서
가는 길을 타박한다

034 그림자·1

쳐다보면 어두운 흔적만 있을 뿐
아무런 실체도 드러나지 않았다
햇빛이 눈부신 날이면 더더욱
날개를 달아주지 못함을
미안해하였다

두고두고 원망하지 마라
너의 그늘진 모습은 나와 흡사하여
냉정하게 떨쳐낼 수 없었다
숨어 바라보며 힘들었을 게다
이제 툭툭 털고 일어나렴

035 도농역에서

허구한 날 혹사시키다
수족으로 부리는 머슴 같아
안쓰러워 잠시 쉬라고
휴식에 내어 놓은 것뿐인데

침침한 양지가 서운했을까
일산에서 남양주까지
방향 알지 못하게
눈 가리고 순간이동시켰다

체력 방전된 휴대폰에
겨우 날아온 긴급재난문자
국민안전처 황사 경보
가뜩이나 먹먹한 날

흙먼지 뿌연 도농역에서
체념한 채 주객이 전도되어
주인인 양 자리 잡고
목마른 큰 기침한다

036 동백꽃

가혹한 한파에 넋이 나가
상한 몸 칼로 에이는 듯
순백의 눈 속 선연한
핏빛도 외면하더니
'당신만을 사랑해'
고백을 믿기까지
두 번 세 번 네 번
피우는 꽃이었음을
남의 일처럼 객담하다
꽃이 다 지고서야 알았다

037 봄비

모처럼 세상이 뒤숭숭하겠다
침침한 헛간에 매달려
다스한 햇살 그리운 무청에도
애지중지 하다 어처구니 빠져
마당에 버려진 맷돌에도

모처럼 세상이 분분하겠다
혹한에 몸 사려 배 깔고
꼼짝 안하던 벌레들도
안간힘으로 보도에 딱 붙어
버텨오던 지난 가을 낙엽도

모처럼 세상이 울어 보겠다
생사도 모르는 비 피하던 벗들
그리움 눅져 있는 처마 밑에도
횟감으로 잡힌 줄도 모르고
깊은 동면에 빠진 비단잉어도

모처럼 세상이 아프겠다
초경에 베개 끌어안고 구르던
빨랫줄에 널린 이부자리도
명절날 세상 등지려 서 있는

마포대교 위 다리 난간에도
모처럼 봄비는 쏟아지겠다

자동차키

백태로 허옇게 변색되고
길이 나 버린 적당한 요철이
혀와 닮았구나
억누르는 이성으로
냉각되어 있던 나를
먼저 적당히 가열하여
너의 앙다문 입에
거칠게 밀고 들어가
때로는 부드럽게
때로는 거칠게
좌우로 비틀어 훑으면
너의 몸은 열리고야 말지
그렇다고 안심하지는 않아
사랑의 시작을 알리는
경쾌한 시동 발진음은
또 다른 마음의 구멍에
진입해야만 가능하니까
심신의 무장을
간단히 해제시킴으로
사랑하고 싶은 연인이라면
반드시 소지해야 할
가공할 무기인 거야

039 내 사랑은

내 사랑은
촌각을 천년처럼 만개하다
낙화하여 다시 꽃피우는
동백만큼이다
피빛으로 비장하게 불사르다
재거름으로 다시 승화하는
단풍만큼이다

내 사랑은
헤아려도 헤아려도 끝이 없는
하늘에 흩뿌려진
별만큼이다
밀어내도 밀어내도 바닥까지
하염없이 흡인되는
바다만큼이다

내 사랑은
굽이굽이 고비고비 곡절 끝에
바다까지 이르는
강만큼이다
땅이 꺼지도록 하늘이 무너지도록
요동쳐도 결연한
산만큼이다

우도에서

이유 없이 매 맞아 서러운 바위는
결코 용서하고 싶지 않았을 게다
곳곳에 박힌 한으로 구멍이 나
스펀지처럼 가벼워진 현무암이
먹먹하여 벼루색이라고
시커먼 피멍이 먹물 번지듯
바다에 녹아들어 멍빛이라고
사십 년 불알친구들이
난청의 귀를 밝게 해 주는데
우도의 머리를 바라보다
소머리 국밥 타령이나 하는
시인의 염치없음이 난처하였다

한 마리 소도 보이지 않는 섬
소가 오른쪽으로 누워 우도라고
겸연쩍은 넉살에 낄낄거리며
방어회로 마시는 소주 몇 잔에
굳게 닫혀진 감성의 무장을
제방의 둑처럼 무너뜨렸다
등 굽은 바위 하나가 떠다니다
무너질 듯 흔들리며 일어나
굵은 눈물을 바다에 뿌리며

휘청휘청 다가오고 있었다
그래 내게 술을 따라 봐
우리의 고독을 이야기 해 보자

041 기차

처음엔 들떠서 허공에
찌릿찌릿 전깃줄 타고
밀고 당기며 달렸었다
다시 거미줄을 달리다가
포박되어 엉금엉금
느린 속도로 기어가다
가까스로 벗어나서
동아줄 타고 내려와
세레나데를 불렀다

오선지를 달리던 기차가
기타 줄로 미끄러진다
가락이 느리면 느리게
장단이 빠르면 빠르게
좌우로 들썩 앞뒤로 흔들
육중한 몸 가벼이
어화둥둥 춤추듯
그대의 역을 향하여
하트 연기 뿜으며
기적을 울리고 있다
사랑아 내 사랑아

042 운다

운다
피가 운다
피가 눈물로 운다
운은 운명
무수하게 통곡함으로
우는 건 정제다

운다는 것
자생력 회복의
전략적 접근

운다
생명 연장의 기로에서
거세당한 운명을
복원해야 할
피가 운다
뜨거운 눈물로 운다

그게 바로 사랑이다

그게 바로 인연이다
힘 좋은 나무꾼
열 번 찍어
안 넘어가던 나무가
모이 입에 문
어미새 날갯짓
한 번에 넘어가는 것

펑펑 첫눈 내리는
천사 같은 몸짓도
외면하고
다 늦은 가을
초췌하게 늙어버린
낙엽 한 장에 눈물짓는 것
그게 바로 사랑이다

044 화석정

정자 마루에 정좌한 시인이 시를 짓다 말고
임진강 너머 북녘을 지그시 바라보다
강물이 역류하도록 통박한 한숨을 쉰다

앞에 두고도 못 가는 장단을 지켜보느니
차라리 등지고 앉아 벙어리로 묵언수행하리

오백육십 나이로 늙어 버린 시인이나 나나
가슴이 허수히 뻥 뚫려 아픈 건 매한가지
이 허허한 가슴을 개흙이라도 가득 채워 주오

045 이월

꽃 피는 방절을 앞두고
물밑에서 밀어 올린
그리움이 울어대는 지
얼어버린 강바닥을
머리로 쿵쿵 받아
훈개에 동면하는 퉁가리
깊은 잠을 깨운다

움츠린 적막 깨뜨리는
사나운 칼날북풍에
멧새 울음 잦아드는데

뼈를 에는 엄동설한
훈훈했던 지난 추억
바짓가랑이 잡고 싶어
끝끝내
이월시키지 못한 입춘
기다려 조금만 기다려
저 강만 풀리면 봄이다

046 문턱

저 문을 열고 나가면
참사랑이 보이고
저 문을 나가면 더 큰 문이
활짝 열려 있는데
그 문을 오르다 말고
밧줄에 묶여 매달려 있다

간신히 문턱에 올라도
요새를 지키는 수문장처럼
눈 부릅뜨고 서 있는
끝도 없이 높은 강화문을
내 가슴벽 치듯 두드려도
발밑에 움찔하는 기척일 뿐

헤집고 다니는 세미한 티끌로
빈틈없이 채워져 있는
충동적인 욕심과
마성 도사리는 욕망을
결코 버리지 못하고
허망한 과언만 내뱉는가

고독은 다 이유가 있는 법

쉽게 허물지 못하는 단절은
죽음에 이르는 병이 되어
내가 가야 할 문의 턱은
아집으로 쌓아올린
내 마음의 벽만큼 높다

담배꽁초

죽는 날까지
모진 욕먹어서
제 몸 살라
속죄하는구나

팜 파탈의 유혹은
평생 죗값으로
재가 되어
기꺼이 산화하리

048　장대비

슬픔이 극에 치달아
직립으로 서서
어미 잃은
산짐승처럼
억수로 우는구나

내가 잘못했다
너를 울린 건
전부
흐린 날을 갈망하는
내 탓이다

049 턱

턱 너머 턱
있는 힘을 다하여
턱을 넘어도
턱턱 걸리는 턱

숨이 턱턱 막히는
세상의 턱은
사람의 턱만큼
턱없이 많다

050 홀로서기

짓무르도록
붙어 있는다는 건
죽도록 지루한 권태
늘 가까이에
붙어 있는 것만이
사랑은 아니다
때로는 혼자서
외로움 견디는 것도
사랑하는 일

편한 자리에 누워도
시간이 가고 또 가면
고통스런 일인 걸
너를 위해서
나를 위해서
잠시 접촉을 유보하자
미치도록
그리울 때까지
지금은 홀로 설 때다

051 총각김치

처녀가 보면 어쩌라고
훌러덩 벗어던진
울퉁불퉁 아랫도리를
함부로 내두르나
빠알간 장밋빛으로
물들은 꽃늪에서
가지가지 모양으로
뒤엉킨 놈 하나 골라
잘근잘근 깨무는
느낌은 사뭇 짜릿하다
씹으면 씹을수록
신기하게 점점 커지는
강인한 총각김치의
위풍당당 절대 미각

땅콩

서로 의지하라고
홀로 외롭지 말라고
처음부터 쌍태아로
점지해 줬구나
자궁 속 밖으로
어여 나가
세상 심심한 갈등
한(恨) 없이 풀어주렴

053   시시한 시

그냥 시일 수는 없다
희 · 로 · 애 · 락
조각조각 맞추다
한숨도 섞고
눈물도 뿌리고
다시 산산이 흩뜨려
적멸과 소생을 반복하여
또 다른 생이 탄생함으로
시시해도 시는 시다
그 절박으로
누구든
무엇이든
시시한 생은 없다

054 겨우살이

자존심도 없이
남의 집에
겨우 겨우
용케도 버텼다

얹혀사는 설움이
집착이라
하루 하루
천년을 산다

쏠치

정겨운 이름 가당치 않다
이 놈이 삼식이란다
오죽하면 똥새기라 했을까
고약한 모습이 영 비호감이다

정나미가 떨어지도록
성질머리 또한 괴팍하구나
불로 지지는 듯 아프게
가시 돋쳐 쑤셔 대 쑤기미

"허어, 나를 잡아 잡수시겠다
어디 한 놈만 걸려 봐라
손끝 하나 내 몸에 손대는 놈
가만두지 않을 것이야"

세상에 나쁜 놈 하나도 없다고
알아 가면 다 좋다 해도
살면서 너 같은 놈은
다시는 상종하지 않으리

056 인사

먼저 웃으며 악수를 청하자
먼저 살갑게 알은척 하자
늘 옆에 가까이 있으면서도
남인 것처럼 외면할 순 없다
머리에 이고서 우쭐거리던
자존심은 호주머니에 넣고
다시는 만지작대지 않도록
단단히 지퍼를 채우자
한 번도 고개 숙인 적 없어서
한 번도 곁을 내준 적 없어서
많이 어색하고 미안하지만
더 늦기 전에 안부를 전하자
지금은 인사를 전하기에는
너무 늦은 처음이다

057 손바닥

손바닥은 마음이다
격려하는 마음으로
숙인 머리를 쓰다듬자
위로하는 마음으로
지친 어깨를 토닥이자
하이파이브가 좋은 건
마음을 보이며
맞대기 때문이고
삿대질이 나쁜 건
마음을 감추며
도사리기 때문이다
손바닥을 위로 열어
배려하는 마음을
가득 담아 권하자
마음과 마음 다잡고
뜨거운 악수를 나누자
진심 어린 맞사랑은
손을 잡으며 시작이다

058 불암산

수락산에 사랑 구하고
불암산에서 고환 놀란다
양미간 찌푸리던
부처 닮은 불암도
먼지에 눈결 흐려져
가뜩이나 큰 눈 훔치며
슬쩍슬쩍 곁눈질로
세상 여자 힐끗거렸다

그럼 그렇지
돌부처도 별 수 있나
뒤통수 긁적이는 본능
무너질 수도 있지
빙판이 도사리고 있는
산길을 걸으며
속세는 원래 그런 거다
부처 같은 말을 읊조렸다

059 커피 한 잔

처음부터 편하진 않았어
표정은 어두웠고
말투는 씁쓸했지
차츰 너를 알아가면서
낯설음은 친밀하게 변해
친구처럼 익숙해졌어
아마도 그건
아픔을 함께 공유하는
동병상련이 아닐지 몰라
고독은 갈빛으로
자릿하게 녹아들어
나의 상심을 위로했었지
비록 뜨거운 감성이
냉정하게 식는다 해도
너의 차가운 이성조차
영원히 사랑할거야

060 을미년

군더더기 제거하듯
양의 머리에 있는
두 뿔을 없애고
둔부 꼬리를 자르면
영락없는 왕이로다
버리고 다 버리고
비우고 다 비우고
가보자 가보자구나
휘청휘청 비틀비틀
을미적 걷다가는
병신 되기 십상이니
새떼가 무리 지어
비상하여 날아가듯
스멀스멀 꿈틀꿈틀
새싹이 움터오듯
서러워하지 마라
갑의 시대는 가고
을의 시대가 왔다

061 낮달과 무지개

낮달을 보았네
여전히 우리 곁에 있어 왔는데
마음이 닫혀 보지 못했던 달항아리가
하늘 저편에서 둥둥 떠 있었네

무지개를 보았네
해 질 녘 석양에
눈이 흐려 찾지 못했던 눈부신 왕관이
창연하게 드리워져 있었네

신년 초하루 첫 회 은밀하게 펼쳐진
하늘마당 가슴 벅찬 공연은
해돋이에 밀려
관객은 나 혼자뿐이었네

062 십이월

한 해가 지고
영영 지도록
연연히 감친 그리움

또 한 해가 지고
다시 지도록
정한에 사무친 서러움

하루가 일 년같이
일 년이 하루같이
응혈이 져

전격
떠나고야 마는
속절없는 십이월

063   메리 크리스마스

까만 하늘에 보석 흩뿌린 듯
크리스마스가 왔다
별이 왔다
매서운 추위 힘에 겨운
유리창밖 풍경 내다보다
빨개진 코로 동그랗게 녹여 놓고

백설 같이 순결한 두 자매가
예수를 기다린다
산타를 기다린다
큰 아이 마음에도 사랑
작은 아이 마음에도 사랑
까만 눈에는 촛불이 일렁이고

하얀 곰이 지키는
외딴집 이글루 굴뚝에는
이미 산타가 다녀갔겠지
내게 주는 선물은 아니어도
까만 하늘에
눈부신 보석 더욱 뿌려줘

메리 크리스마스
메리 크리스마스

064 동지팥죽

"이 놈이 부정 타게 구찮게 굴어"
팥죽 냄새 맡으려 코를 들이밀면
불 지피던 부지깽이로 잡귀 쫓듯
어린 나를 부엌 밖으로 내몰았다
해마다 동지 팥죽 끓이는 날에는
할매 기겁하는 귀신처럼 들어와
감히 먹진 못하고 부뚜막에 앉아
팥 향이라도 실컷 맡을 수 있어서
가장 밤이 길어서 차라리 좋았다

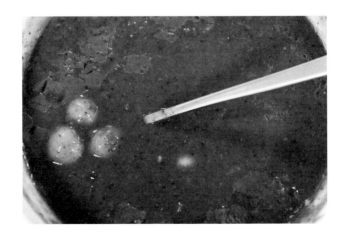

065 겨울나무

옹송그리는 서러움이
유난스레 높푸른 하늘에
덕지덕지 낭자하도록
실어증 걸린 아이처럼
주먹손 틀어막고
눈물만 삼키고 있었다

살 에이는 혹한의 강풍이
동상으로 퉁퉁 부어
형체 잃어버린 알몸의 너를
긴 코트 깃 세워
너그러운 척
감싸 주지는 않을 터

천벌 같은 그대의 상심을
더 이상 차마 볼 수가 없으니
슬픔보다 더 슬픈
아픔보다 더 아픈
너의 한을 추출하여
나의 가슴에 주입해 다오

066 무말랭이

잘려나간 새끼손가락처럼
파르르 찬 바닥에서 떨고 있던
창백한 무 토막 하나를 주워
따뜻한 자동차 안에 누였다
외톨이 된 신세가 처량했는지
밤이 새도록 울어대
하루 만에 앙상하게 뼈만 남았다
살이 빠지는 것은 결국
눈물이 빠져 버리는 것
중년의 끝자락에 매달려
뼈가 부딪쳐 신음하는 내 앞에서
덩달아 끙끙 앓고 있었구나
피와 살을 흡착기로 뽑아내듯
무기력한 유체이탈의 슬픈 육신
어차피 서서히 말라가는 삶인데
진작에 알지 못하고
착각하는 나의 몰골을
새빨간 립스틱이 우울한 늙은 여인이
측은하게 바라보며
바스러져 허공에 날아가기 전에
시간의 끝을 악착같이 붙잡고 있는
나의 뒤통수를 매몰차게 갈겼다

너도 나처럼 발악을 하는 구나
쪼그라든 무말랭이를
차창 밖으로 내던졌다

067 반가사유상

생각하는 건지
조는 건지
하나도 반가워할
사유가 없는 듯
아무리 쳐다봐도
시종 침묵하며
미동도 없다

뜨거운 입김
귀에 훅 불어보고
한쪽 무릎에 걸친
팔을 톡 밀어
고개 떨어뜨려
악수 청해본다

너무 골똘하지 마
반갑다 부처야

068 싹

가운데
토막으로
잘려진 나무를
척박한 흙으로
아무렇게 덮어만
놓았을 뿐인데
싹이 나왔다

타는 해
빨갛게 맞아도
그늘 만들어 줄
가지도 없이
휘청이는 몸
지탱해 줄
뿌리도 없이

죽어도
죽지 못하는
믿지 못할 생존
어떻게든 다시
소생하는데
사지 멀쩡한
나는

_069_ 낙엽, 화장하다

가으내 진 낙엽이
찬바람 불어오는
겨울을 앞에 두고
하나 두울 줄지어
화염 속에 들어갈
채비를 하고 있다

돌아와 돌아와 줘
아직 빛도 고운데
불타오르는 향은
온 가슴 저미는데
영원히 오지 못할
길인 줄도 모르고

070 낙엽, 찜하다

아무도 넘보지 않는다
초췌한 나신에
침을 뱉는 사람들 속
너는 나에게 있었고
나는 너에게 없었다

잠시 숨을 고르려
방심한 사이
너는 떠나려 하고
홀대하는 뭇 사람들 속

앙다문 너의 마음에
너는 내 것이다
꾸욱
소유권을 주장하는
나의 지문을 찍었다

071 이별은 폭식을 부른다

어이없게도 이별은 폭식을 불렀다
해가 뜨고 지도록 사랑 채우느라
미처 챙기지 못하였던 나의 몸
거푸집에 콘크리트 부어 양생하듯
정해진 수순처럼 음식을 쏟아 부었다
사랑이 떠나 홀쭉해진 그 자리에
스모선수같은 비만이 들어섰고
뼈마디 쑤셔 댔던 슬픔이 무색하게
호주머니에 몰래 숨겨 두었던 자존심
낙엽 쓸려 간 자리에 내동댕이치고
허기졌던 배에 허리띠 풀어 젖히듯
나 싫다고 떠난 사랑 나도 싫어서
몸 망가뜨려 미련의 싹을 제거하였다

072 각설탕

일부러
모나게 보이려
강하게 보이려
각진 모습으로
꽁꽁 싸맨 너

감춰진
달콤한 미소도
순백의 눈물도
내가 물이 되어
녹여 줄게

073 마음 미움 그리고 미안

마음의 작대기 하나를
옮겨 붙였을 뿐인데
질책의 회초리가 되어
마음이 자꾸 시소처럼
삐딱하게 흔들리네

이제는 경사진 바닥 말고
오른쪽으로 바르게 세워
미움을 해체하자

독설 내뱉는 ㅁ대신
모두 용서하는 ㄴ을 받치어
마음과 마음 끌어안고 고백해보자
그동안 미워해서 미안하다

074 길을 걷다 보면

길을 걷다 보면 길이 되어 버린
다른 사람이 걸은 길이
길이 되어 걷게 되고

길을 걷다 보면 길이 아닌
내가 걸어 온 길이
다른 사람의 길이 된다

그의 발자국이 나의 길이고
나의 발자국이 그의 길이듯
너와 나는 길을 개척해
앞서거니 뒤서거니
동행해야 할 운명이다

내심 작심하고 한 발만 딛어도
길이 되는 그 길은
도처에 산재해 있다

실족

넘어지지 않으려
땅만 보고 살아왔다
넘어지면 눈감고 엎드려
천근의 무게로 고개 떨궈
땅을 치며 땅을 원망하였다

가장 아픈 실족이어야만
대 자로 드러눕는 낙상이다
비로소 보이는 하늘은
좌절이 가져다준
뜻밖의 선물

076 그림자·2

그림자는
아무렇게 그려진 놈이다
왜곡된 추문
검은 몰골로 내던져져
숱한 발길에 밟히는
진실은 굴절되었다

할 말이 있으면
의도적으로 외면 말고
바닥에서 시선을 돌려
떳떳하게 서 있는 나를
똑똑히 바라봐

077 권태

마른 입술을 적시고 내리는 사이
작은 파장만 잠시 일었을 뿐
불과 십여 분 만에
펄펄 끓었던 커피가
저 혼자 식었다

첫 음미의 감동은 무색해지고
단순해지는 많은 생각들
미지근하게 식은 커피를 마시며
무덤덤 속으로 등을 돌리는
단호한 임의 침묵

078 낙엽, 떨쳐내지 못한 사랑

떨쳐내지 못한 사랑처럼
차 앞 유리에 떨어진 낙엽을
그대로 두고서
겨울로 가는 강변을 달렸다

후드득 모두 날아가고
구멍 숭숭 뚫린 잎새 하나
안간힘을 다해 매달려
무얼 말하려는지
똑바로 바라볼 수 없는
내 눈을 쫓았다

가을이 떠나고 있습니다
후회하지 않도록
많이 사랑해 주세요

차의 속도를 높일수록
가을은 더욱 밀착해 오고
절박한 그 가을을
나는 무심히라도
브러시로 밀어내지 않았다

079 이사

처음엔 둥글었을 당신이라는 방
이제는 각 지어 네모난 그 방을 나와
정처 없는 이사를 가려 하네

문고리 잡고 몰래 엿보다
쿵쿵 내 가슴 뛰는 소리에 놀라
얼굴 발개져 방문 안으로 자빠졌을 때
세상에서 가장 사랑스런 손으로
방 안으로 잡아 이끌던 당신
수없이 드나들었던 방
홀연히 그 방을 떠나려 하네

하나 둘 액자를 걷으며
거뭇하게 변한 마음의 벽 속에
떼어 낸 그 자리는 하얗고
잠시 턱 괴고 주저앉아
한숨짓는 추억의 액자를 바라보네

미안하다 미안하다
악수처럼 간단히
이사를 고려해서 미안하다

080 허기

쏟아낸 눈물
수분으로 보충하듯
궁한 삼시 세끼 유혹에
실패의 아픔도
지인 잃은 슬픔도
터진 둑처럼 무너져 버린다

단식은 가혹한 형벌
살기 위해 먹기보다
배 채우려 먹는다
죽음보다 절박하고
사랑보다 더 급한
이 고약한 안면 몰수의 허기

081 먼지

옛사랑 흔적 한 줌
뿌려진 걸까
지워도 지워도 쌓이는
철 지난 무한 사랑

툭툭 털릴지라도
은밀하게
그리운 사람 어깨에
살포시 기대어 앉으리

082 한 톨 좁쌀이 되어

내 안의 오장육부는
오대양 육대주
내가 우주이듯이
세포는 수 십 조의 행성
비대해진 몸집은
빅뱅으로 작아져
새로운 세상을 연다

나를 낮춰 너를 높이어
내 몸 나누어 네게 주는
한 톨 좁쌀이 되어
내 기꺼이 떠나리
너와 나
그리고 우리
그 억겁의 시간여행

083 그대에게 가는 길

그대에게 가는 길은
무거운 마음의 짐
잔뜩 짊어지고
큰 강 여럿 건너야 한다

의심은 이 강에
흑심은 저 강에
다시 떠오르지 않도록
그 마음보다 더 무거운
상심 단단히 매달아
하나씩 버려야 한다

마지막 강을 앞에 두곤
물 위를 걸어가도록
빈 마음으로 건너가
그대의 마음 한 가득
내 안에 채워야 한다

084 새우구이

한 소쿠리 새우들이
프라이팬에 들어왔다
맨살에 굵은 소금 몇 주먹
주욱주욱 뿌려지고
점점 바닥이 뜨거워져
이리저리 뒹구는데
타는 갈증에
눈동자는 다 풀려서
이내 꿈틀거리다
다 늙어 버린 큰 형이
긴 수염으로 감싸 안으며
속삭이듯 말했다
가자 가자
엄마 아부지 기다린다

085 수련

때 아닌 낮달 휘황해도
선뜻 용기 내지 못하고
모두 기다리다 지쳐
곤한 잠에 빠져 방심하다

황홀함에 눈이 먼 사내
저 혼자 동침하려
고고하게 흔들리던
물 밑에 텀벙 뛰어들었다

맹목의 늪에 빠진 몸
불온한 죄 불쑥 저지르고
기적 같은 선혈빛 만개
더 이상 줄 것은 없었다

086 만월

그리움 가득 찬 달
잡힐 듯 잡힐 듯 아득하게
중추의 임진 강물 위에
둥둥 떠 있었다

기약 없어 말랐던 눈물
뼈 속 깊이 사무친 설움에
눈뿌리 다시 저려 와
이산의 한은 통곡하고

그 눈물로 강이 넘쳐
절명하던 그리움은
달항아리 끌어안은 채
한사코 황천을 거부하였다

087 외문

내 님 오시는 기척
놓치고 싶지 않아
바람 소리 선명한
문간방에서 잠이 든다

이제나저제나 오실까
이른 새벽
졸리운 눈 비비며
내다보던 바깥 대문

그리움으로 남은
외문은 흔적도 없고
수척한 아이는
어른이 되었다

088 흐린 날의 풍경

비바람
정면으로 맞아
본연을 잃고
트미하게
초연한 성당
뒤에 숨어
십자가 바짓가랑이
부여잡고
늘어지고 있는
아,
저 한 줌 태양의 절박

089 등

샴쌍둥이처럼 딱 붙어서
내 의지대로 떨칠 수 없는

손댈 수 없는 불가항력으로
뒤에 숨어 무진 괴롭히는

응달진 이면이 서러워도
본색이 탄로날까 두려운

한 번도 대면한 적이 없는
나의 또 다른 나

090 혹시 굴속에 계십니까

혹시 굴속에 계십니까
암흑에 갇혀 있을 당신
혼자라고 절망하겠지만
아직 희망은 있습니다

두려워 숨으시려거든
출구를 모색하십시오
죽을 날만 기다리느니
살날에 목숨을 거십시오
머리로라도 부딪고
맨손으로라도 긁어
몸부림을 쳐보십시오

환한 빛이 보이는 출구는
밟혀 꿈틀대는 자의 것
막장이 일순간에 무너져
터널로 변하는 기적은
우리 자신의 결정이지
신의 결정은 아닙니다

운명이라 체념하는 당신
당장 일어나십시오

혹시 지금 당신은
캄캄한 굴속에 계십니까

091   다음 세상에 내가 다시 산다면

다음 세상에 내가 다시 산다면
빗물로 돌아오리라
백날가물에 벅찬 감동으로
가슴에서 잉태하여
산란처럼 쏟아내는
찬란한 빗물로 돌아오리라

다음 세상에 내가 다시 산다면
눈물로 돌아오리라
미치도록 그리워
후둑 후두둑 감성에 물질하는
눈물샘에 빠져 살아가다
뜨거운 가슴으로 다시 돌아가리라

092 비처럼 바람처럼

비처럼 목 놓아 울고 싶을 때가 있다
헤어짐이 낯선 사람을 돌려보내고
뒤돌아서 간신히 몇 발자국 걷다가
돌아보고 싶은 마음 이기지 못하여
그 자리에 주저앉아 그대로 엎어져서
비처럼 하염없이 울고 싶을 때가 있다

바람처럼 문득 떠나야 할 때가 있다
사랑은 허락한 만큼만 해야 하는 것
이별하기 전 그리움이 먼저 자리 잡듯
비를 예고하는 흐린 날이 찾아오면
사무친 정이 떨어지도록 쌀쌀맞게 부는
바람처럼 홀연히 떠나야 할 때가 있다

093 선물

박씨 하나 입에 물어
둥우리 속 제 새끼 살리듯
먹잇감 내게 준다면
그 먹이를 다시 입에 물고
하늘을 날 것이다
너를 위하여
나를 위하여
순망치한의 선물
네가 없으면 나도 없다

094 세월아, 가느냐

세월아 가느냐
정녕 가려느냐

무심하게 흘러도
장구하게 흘러도
대못 박힌 그리움은
강이 되는데

돌덩이 같은 분노도
억바위 같은 한도
잊혀져 다 잊혀져
산이 되는데

그 강을 유람하는
그 산을 뭇발길하는
살아있음이 수치스런
구름결 같은 망실

세월아 가느냐
한사코 가려느냐

095 배려 탁구

삶에 지쳐 있는 너에게
최대한 힘들이지 않고
최대한 편안하게
넘길 수 있도록
네가 보낸 착한 마음에
나의 배려심을 보태어
친절하게 돌려보낸다
'힘들면 언제든 얘기해'
끝도 없는 랠리
애당초 우리의 승부는
시작하지도 않았다

096 삶은 계란

약하지만 불에 견디면
더욱 단단해지는 삶은

작지만 꽉 찬 것만으로
허기 채울 수 있는 삶은

나를 산산이 으깨어
세상에 몸 바치는 일

꿈이 깨어지지 않도록
조심히 다뤄야 할
계란처럼 사뭇 귀한 일

097 치약

나도
한 때는 그럴 때가 있었다

모습 변할까
태아 받아내듯
정성껏 명치끝부터 힘을 줘
첫 선을 보이던 그 때가

사방 2센티 푸른 풀밭에
하얀 영혼을 담아
덕지덕지 눌어붙은
생존의 흔적 씻어내던 그 때가

아, 하고 조붓하게 열리는 세상
환한 윤기로 민트향 머금고 등장해
그 세상을 통하여
훨훨 하늘을 날던 그 때가

나도
한 때는 그럴 때가 있었다

098 피아노 건반

하얀 그리움
장조로 흐르고
까만 외로움
단조로 흐르네

사랑 하나
추억 둘
그리운 바다에
외로운 섬으로

점점이 떠오르는
도레미파솔라시도

099 입추

기력 쇠한 너도 나도
몸보신에 혈안인
마지막 절정의 더위에
잠 못 이루는 아침 저녁

슬쩍 선선함이 숨어든
불쾌한 열풍으로
여름 시뻘건 등짝을

몰래 몰래
추억으로 더듬는
염치없는 계절 도둑

100 카리스마

아무 것도 모르면서
칼 있는 척
핏대 낸다고 알아주나

차라리
다 아는 척 침묵하며
뚫어져라 눈만 바라 봐